Günter Kunert
Berlin beizeiten

Gedichte

Carl Hanser Verlag

ISBN 3-446-14886-8

Schutzumschlag: Klaus Detjen
unter Verwendung eines Fotos von
Thomas Höpker/Agentur Anne Hamann
Satz: Setzerei Janß Pfungstadt
Druck und Bindung: Pustet Regensburg
Printed in Germany

Widmungsgedicht für M.

Im Auto rasend und im Auge
den Sturz der Linien auf uns zu,
erscheint es, als ob wenig tauge
die Fähigkeit, die ich und du
besitzen, Welt zu erfassen und zu halten:
Das meiste geht zu rasch an uns vorbei.
Sind selber flüchtige Gestalten
vom Augenblick bewahrt: Wir zwei.

1. Von Berlin

Fantasma

Das letzte Gedicht über Berlin –
wie wird das wohl sein?
Hymnisch? Oder voll Ironie?
Epitaph auf bröckelndem Stein?

Zum Abschied vielleicht eine Elegie
im Plusquamperfekt: Gewesen war.
Adressiert an den Wind.
Absender: Ein üblicher Narr.

Das letzte Gedicht über Berlin
wär auch das Ende vom Lied:
ein immer unvollendeter Vers,
weil ihn keiner mehr sieht.

Berlin beizeiten

Reichhaltig dich nennen:
Ein unaufhaltsamer Traum:
Alles Gewesene möge
in übernatürlicher Beleuchtung
wiedererstehen.
Einstmals in der Versengung
verschwunden kehrtest du
verwandelt zurück: Als Schlüsselwort
Als Versprechen Als Täuschung
Als unversöhnliche Erinnerung
Metropole gemütlichen Verzweifelns
blinder Umarmungen und
ernüchternder Trunkenheit.
Hier wurde ich geboren
mit dem unvergeßlichen Wissen
man sterbe an den Folgen.
Hier habe ich mein Leben abgetan
Samen spurlos verstreut
mich freigekauft mit Fersengeld.
Beizeiten und doch zu spät
entsprungen dieser verstörten versteinten
Matrone
durch die ich von Jugend an
ein Opfer meiner fünf Sinne
geworden bin.

Am Landwehrkanal

Durch Zeiten schwammen sie: Die Toten,
getragen von Kanälen unsrer Stadt.
Doch als sie uns erreichten, hat
ihr Stummsein Schweigen uns geboten.

Weil leicht verschwindet, wofür Worte kommen:
die bleiben, während ihr versinkt,
und ohne daß euch eines wiederbringt.
Sie haben eure Stelle eingenommen.

Gedenke sprachlos: Bilderfetzen,
von blinder Oberfläche absorbiert,
bevor auch solch Erinnern sich verliert
mit Wut und Ohnmacht und Entsetzen.

Der jüdische Friedhof in Weißensee

Auf granitenen Platten
abgefallene Blätter. Unter ihrer Berührung
versinkt der Stein wieder
im Erdreich: Fremdland
das nur Tote einbürgert
beherrscht von den stummen Vampiren
Eiche Eibe und Lorbeer.
Mit den Zeiten unleserlich
dein Name. Niemand
lüftet mehr aus Neugier
den Efeu
über deiner Einmaligkeit.
Denn du bist zurückgekehrt
ins Rätsel
das immer unter unsteten Eindrücken
reglos und verborgen
verbleibt.

Gedenktag im Mai

Während ringsum
die Häuser in Schutt sanken
Asche fiel wie schwarzer Schnee
auf unsere Schultern und rot
der Horizont erstrahlte liefen wir
ruhelos und seltsam zufrieden
von Feuer zu Feuer ganz und gar
von Leben ergriffen.
Vor der Ungewißheit des nächsten Tages
war heute der beste. Wie nie vorher
paarten sich Männer und Frauen
rücksichtslos gegen Gebote
die alten Tafeln Trümmer
wie diese Welt
voll der kurzen Wunder
des Daseins
verflogen mit dem Rauch
wenn die Brände langsam
erloschen.

Nachkriegsberlin

In Hinterhöfen drehten sich
eiserne Räder Stockwerk
für Stockwerk
bis sie vielfach im Feuer
verglühten Stillstand
und Stille fielen zusammen
mit den leeren Gehäusen
Tote Proleten stoben auf
mit dem entgrenzten Wind
und legten sich wieder
als graue Schicht
über die städtischen Reste.

Elegie

Mit dem Abend zusammen
schlich ich in die Ruinen
um das weithin verschollene Gestern
wiederzutreffen und begegnete nur
willigen Leibern. Schutt
unser Bett. Umarmungen ehe
die Mauern endgültig einstürzten.
Wir waren wie Schatten anderer
jedesmal und unfaßbar.
An meinem Ohr winselten
Gespenster die ich zum Leben erweckte
die ich immer wieder in den Urgrund
zurückstieß.
Mit keiner anderen
hatte ich es zu tun
als der Stadt selber
als ich noch ihr Liebhaber war.
Bevor Beton sie befiel
ruchlos und babylonisch
verhüllt vom Staub
ihrer längst zerfallenen Freunde
und Feinde wenn Wind
sie besucht.

Im Grenzbereich

Straßenbahngleis: Wenige Meter
versehentlich liegengeblieben.
Der halbe Schwung einer Kurve
zwang die Körper im Wagen
zueinander
morgens wenn man
zur Schule fuhr. Unvergeßne Berührung.
Die Schienen verschwinden einfach
unter der Mauer
und kehren wieder
in keinem Berlin.

Swinemünder Straße

Alte Straße bedeckt mit altem Pflaster
Aus alten Häusern heraus
und daran vorbei gelangten einmal
die alten Bewohner
zu jenem eckigen Schacht da tönten
auch eigene Schritte wie von Verfolgern
Unter dem kurzweiligen Dröhnen
der S-Bahn droben verging
einem Hören und Reden Ein Gang
in das andere Berlin das war
vielmehr das alte geblieben
Wind fuhr hindurch und trieb
nie vergilbende
Polizisten einem in die Augen
Bis der Baumeister aus Moskau sie
durch festere Klötze ersetzte

Verwunschene alte Straße
Wer sie betritt verfängt sich
im unsichtbaren Netz Jede Bewegung wird
festgehalten Jeder Gedanke
gelesen Denn die alte Straße endet
als Fluch
weil sie in einem Traum anhebt
aus dem die Vernunft kein Erwachen
wagt

An der oberen Freiarcherbrücke

Aus der Tragödie sprießt Idylle:
Wildwüchsig blühend diesseits
der jüngsten Klagemauer: Ihr Schatten
bleiern über dem Kanal. Da stirbt beharrlich
seit Jahren ein Paar
hölzerner Schuten dahin. Da erhofft
ein museales Hausboot busweises Auftauchen
fernöstlicher Bildsucht. Da wartet
vergilbendes Schilf auf jene
Hundertstel Sekunde der Ewigkeit
derer du schon ansichtig wirst:
Sie besteht aus Arkaden Aus verwitterten
Bohlen und Brettern und Menschenleere.
An Bomberschwärme hingegen hat der Himmel
die Erinnerung verloren. Vernimm stattdem
aus dem Lande hinterm Beton Gebell:
Jagd hebt an auf wen Unsichtbaren
der morgen in Zeitungspapier ausgelegt wird.
Selbst das Wasser unter der Brücke
schleppt sich hierher wie eben
entkommen und zu einer Bank
ein alter Mann
der daß dies alles Traum sei träumt
bevor er aufwacht wie in Wirklichkeit.
Wie du vielleicht.

Eine Reise wert

Seht unsre Doppelstadt: Wie sie versinkt
von Zeit zu Zeit in Smog und Depression.
Nekrose: Frisch getüncht und überschminkt:
So kennt man sie Jahrzehnte schon.

Ein guter Platz, die Toten zu beschwören.
An jedem neu ergrauten Tag
kann ihre jämmerlichen Stimmen hören,
der zu ertragen sie vermag.

Hier ist die Stadt, die sich erfahren
als sterblich: Zerstört, saniert und abgebucht.
Von Gott verlassen. Doch von blinden Scharen
Touristen und der Geschichte heimgesucht.

Am Abend strahlend in der Mauerenge.
Im Sog der grellen Straßen hin und her
und endlich zueinander fast als zwänge
sich nah zu sein die Menschen irgendwer.

Erst später Schüsse in der Ferne.
Dazu ein Lichtsignal, das steigt und fällt:
Und wüchse es zur Weltlaterne,
bleibt Finsternis, was sie erhält.

März am Tauentzien

Jeder ein Paris denn jedem
begegnen Scharen jahreszeitlicher
Grazien:
Kupplerisches Getriebe die Straße hinauf
und hinab.
Gedenke jetzt deines Leibes
Zwischen liebedienerischen Fassaden
zieht die Fauna der Stadt
zaudernd dahin:
Hochhackig Geschlitzt Geschlechtsbewußt
Blicklos durch Neugier
die Augen weit:
Vollständig Terra cognita
trotzdem bereit entdeckt zu werden.
Erbeutet durchmessen vergessen
wie ehdem
als es uns noch nicht gab
wie wir mal glaubten.

Mystifikation

Menschenüberströmter Nachmittag.
Vorm Kaufhaus des Westens
im Pissoir rieb dieser junge Mann
Aion vermutlich mit Namen
langsam sein erregtes Glied.
Flüchtige Blicke von eilig Opfernden
im Tempel der Notdurft.
Ob wir es auch recht ansahen
mit gebührendem Ernst
was er da in der Hand hielt
solchen lebendigen Stab
so erwartungsvoll
ohne ein Interesse zu finden.
Als sei mit Büroschluß auch
die Wirklichkeit ausgeknipst
worden.

Am Kurfürstendamm

Gen Abend kommt es dort
zu Aufläufen und Ansammlungen
zu Umarmungen und Morden
zu letzten Einkäufen und ersten Delirien.
Nachkommenschaften tanzen sich taub
oder bestaunen das fleißige Wimmeln
anonymer Geschlechtsteile oder wie
andersweilig Leben Leben vortäuscht.
Wie es unter verschiedene Räder gerät.
Wie Münder
durch Speisen und Worte sich würgen
mit der Unaufhaltsamkeit kosmischer
Katastrophen. In ihren Wagen unterwegs
nächtlich die gänzlich Verstummten:
Auf sie fällt ein vielversprechender Glanz
der nichts hält. Jemand
hängt sich jetzt auf oder bringt es
sonstwie hinter sich für immer
oder eine dreiviertel Stunde
in einem kahlen Zimmer
wo die Tapete mit dem Rätsel des Daseins
ab Fabrik über und über bedruckt ist. Nun
setze ich mich an den Rand der Nacht
geblendet von soviel Dunkelheit
und beziehe mich ein.

Juniberlin

Wie keine mein ist diese:
Stadt
die unterging und doch noch steht
selber so erstaunt wie ich:
Daß wir leben
O großes Verwundern
unerwartet und selbstfern:
Spätes Wetterleuchten
unter dessen Schein alles
fremd aussieht für einen Augenblick:
Aus der Vergangenheit
steinern auf besondere Art
antwortet uns kein Echo
in den brütenden Straßen
die Staub gebären
das Schweigen des Sommers

Einmal Berlin und zurück

Zuerst die Ankunft und gleich darauf
dieser Kanal: Dichter Pflanzenwuchs
schleift im brakigen Grün. Vergessen
die abgetriebenen Toten
verschiedener Epochen.
Aus dem überlebenden Ziegelgestein
schauen alte Frauen auf
die kürzlich verscharrte Zukunft.
Mein Blick trifft
die grauen Wächter der Mauer:
Verkörpert stolziert
was keinen eigenen Leib hat.
Hier sei die Erde geborsten
heißt es einmal zugleich
mit dem Himmel
und wie er nun auch sie
unbewohnbar.
Ich zeige meine Eintrittskarte
und darf gehen. Später liegt wieder
alles hinter mir
behaust von einer Population
abgestorbener Erinnerungen:
Keine Heimat wie diese aber
findet man vielerorts.

Julimitte

Früh am Tage schon
diese stickige Hitze. Entlang
der Straße verhängte Fenster.
Schatten: abgezirkelt und zeitweilig.
Matte Schritte manchmal.
Später fällt sacht
eine Haustür ins Schloß. Wenn doch
erst die Dunkelheit käme
Nachtvögel aus der Ebene
aus allen vier Weltecken
über uns steigend: Mit immer schnellerem
Flügelschlag ihrer Stunden
und im Morgengrauen
haltlos wieder davon.

Spaziergang

Zwischen berieselten Vorgärten
wachsbleichen Automobilen
synthetischen Tulpen
verlierst du dich
in der Betrachtung deines Jahrhunderts.
Zutraulich aber blickt währenddem
aus jedem Fenster
das Haupt einer Gorgone.

Berliner August

Als letzter Besucher steht
Hitze in der Stadt: Meilenweit
verlaßne Bürgersteige.
Eine unsichtbare Macht hat angefangen
die Einbewohner abzuberufen.
Allein in der Kühle verdämmerter Kneipen
halten sich einige fraglose Gestalten
am Leben Alternde Fliegen unbemerkt
vertrocknend: Sämtliche Abschiede
fanden längst statt.
In immer unbeschreiblicherer Stille
hört man wie die Stadt zerfällt.
Knistern Unbrauchbar gewordenes
Pergamentpapier Kleiner und noch kleiner
zusammengeknüllt.
Komme gleich wieder! lügt ein Zettel
durchs Glas der Ladentür:
Hier wollte ich ein paar Rätsel kaufen
für die Schlaflosigkeit doch
die bedienende Sphinx scheint
heimgekehrt
in eine glücklichere Nekropole

Trödelkeller

Aus dem Gestern das es nicht mehr gibt
quillt immer noch Gerümpel.
Hutnadeln Humpen Kutschlaternen.
Greise Recamieren auf brüchigen Beinen
keines Schrittes mehr fähig.
In ihrer Flasche die Barke
nimmt Kurs auf den Korken.
Altertümliche Luft bläht die Segel.
Wir sind an Bord und verwürfeln
die Zeit. Scylla und Charybdis tragen jetzt
Pseudonyme: »Stutzuhr« und »Samowar«.
Berechne die Koordinaten
nach dem Stand der einsamen Glühbirne.
(Dein Meridian wäre die Tischkante.)
Die Ladung: Fernweh nach Nirgendwo
das nur in Flaschen überdauert
sonst verdunstet es.

Augenschein am Lietzensee
(Für Wolfgang Maaz)

Aus glänzender Schwärze
die Nächte. Irgendetwas
bringt Büsche zum Rascheln
Ratten oder stumme Lust
für deren weißliche Häutung
die Straßenreinigung zuständig bleibt.
Augenblicks aber
führen alle Wege hier heim
versprechen entfernte Straßenlaternen.
Unsere Stadt sinkt
von Schritt zu Schritt
von Einsamkeit zu Einsamkeit tiefer
in ihre Legende.
Aus einem hintergründigen Gestern
ragt ihr Wahrzeichen noch
mit Glühbirnen besteckt
zusammengeschraubt in besseren
schlechten Tagen.
Am Morgen dann wieder
eine vergewaltigte Tyche
betäubt oder tot unter
vergilbendem Laub.

Großstadtsommer

Im Dunst der Frühe leere Straßen:
Die Bürger zogen in die weite Welt.
Du bist allein jedoch in Maßen:
So wie es dir (und mir) gefällt.

Viel Sommer wird aufeinemmal geboten
darin der Herbst sich noch nicht rührt.
Die kahle Mauer. Und die vielen Toten:
Wie nie gewesen und wie nie gespürt.

Weil unsre Augen nur einander sehen
so wird auch diese Stunde: Schicksalsblind.
Damit wir wieder in den Tag eingehen
braucht es den Regen und den kühlen Wind.

Berolina

Meine Geliebte erschien
umströmt von einem
seltsamen und muffigen Geruch.
Als ich ihr die Haut
abzog merkte ich erst
wie lange sie tot war.
Reglos nahm sie mich auf.
Ich spürte die Last
der Dächer auf meinem
Rücken und wie ich immer
mehr in sie einsank.
Später berührte ich Wurzelwerk
verkrampft in sich und starr.
So verhielt ich eine ziemliche Zeit
vielleicht ein Leben
bis ich mich losriß
und durch kaum beleuchtete
Korridore entkam.

Freudsame U-Bahn-Fahrt

In einem klaren Wahn sondergleichen
seit die Städte versteinten
folge ich ihren geometrischen Befehlen
und durchkreuze sie unter der Erde.
Dumpf hallende Schächte
von plappernden Echos randvoll
Fortsetzungsgerassel Folgengedröhn
ohne verstehbaren Grund.
Auf Plastikbänken sitzt
es mir gegenüber
unirdisch und bemäntelt
von teuer erworbener Katatonie.
Es lebt und stirbt
im gleichen Atemzug. Es ist blind
und taub und stumm und beredt.
Es ist unerschütterlich anwesend
aber wo
es ist sollte ich sein doch daraus
ist in aller Eile nichts geworden.

Prinz-Albrecht-Straße

Inmitten der Stadt
klaffende Erde
Reste gekachelter Keller
Folterwerkstätten
zur Erzeugung
von Heimatkunde

Charlottenburger Sonntagmorgen

Die Reglosigkeit eines Terrariums:
Bewohner verkrochen in Stein
und Traum. Tauben
auf dem Zeitungskiosk die sich
ausgestopft stellen.
Nur ein offenes Fenster
atmet die Frühe ein.

Lustvolle Menschenleere

geheiligt durch einen
vergrauten Pudel
der ein greisenhaftes Geschöpf
an der Leine führt.

Realistisches Gedicht

Beim Metzger das Fleisch.
Sonst Brot. Käse. Tomaten. Du
siehst den Häusern ihren Inhalt
nicht an. Zeile für Zeile Verstecke
für Lebende: Sie haben
den Toten nicht geholfen.
Ausgelöscht durch das Entfernen
des Namensschildes. Dennoch scheint
über dieser Stadt eine Sonne
wie jeder sie liebt
wenn wieder einmal die Blätter
die Bäume verlassen. Auch
die Konzerte häufen sich schon.
Wähle den Platz
in der Nähe des Ausgangs
solange es geht.

Vorort

Schwaden nebelhaft.   Blindmachendes
Gebräu.   Vergebliche Gebäude: Wo jede
Stadt sich stets verläuft: Wo
Passanten unentwegt verlorengehen
trotz der elektrischen Vortäuschung
allgemeiner Sichtbarkeit am Abend:
Alles leerer Schein
denn wir haben früh den Rückzug angetreten
und unsre Leiden
durch diverse Anstalten ordnen lassen.
Kraft einmal
erneut den Fuß in die Tür
zwischen Raum und Zeit zu stellen
keine mehr.

Hier werden die vergilbten Blätter
konserviert und Jahr um Jahr
aufs Neue ausgelegt.

Havel im Herbst

Unter oberflächlichem Strömen
lauert die hiesige Melusine
Melancolia und verspricht
Befreiung von allen
falschen Namen dem der
ihr zu nahe tritt

Oktoberberlin

Unfaßbare Flucht
der Perspektiven alter Berliner Straßen
aus ihrem Gestern
in unsere Gegenwart.
Bis unters Dach
bis zu den Bodenverschlägen
voll abgestandener Geschichte
Gestank verbrennender Kohle
dumpfig vom Schwamm
nimmersatter Mauerfraß
unterirdische Fäulnis
verrottende Blätter fatalistischer
Kastanien. Und hinter jeder Ecke
erneut entfärbte Fotografien
aus deinem Familienalbum: Verschwundene
begegnen dir in der Form
von Erinnerungsstücken so nah
wie unerreichbar. In einer Kabine
mit zerbrochenen Scheiben
durchblätterst du das Telefonbuch
und suchst vergeblich: ihre Namen
Sulamith Sandkorn
Sternenleere.

Gleisdreieck

Dieser Ort ist
ein renovierter Abgrund: Keiner ahnt
bei einer Fahrt mit der S-Bahn
das metaphysische Ausmaß
der Reise. Klappernd und schwankend
im Rhythmus altertümlicher Prothesen
hängen die beiden Teile
des zerschmetterten Corpus Berolinense
zusammen.
Verhüllt von unheilbarer Geschäftigkeit
schleppen sich scheppernd
graue Erinnerungen hin und her
die vom vielen Gebrauch
ganz entkräftet sind.

Stadtbahnstenogramme

1
An gewissen Tagen sind Straßen
oftmals randvoll von Leere
Im Schatten mancher Toreinfahrt
lauert Vergangenheit
Altgewordenes Dornröschen
das jeden der die Stachelhecke
überwindet mit einem Kuß
betrügt

2
Durchzogen von Gleisen
Autobahnen Wasserwegen
Flüchtigen lebenssüchtig
schwefelsatt atemlos
mauerumgürtet die Bedeutung
für alle Welt fast
zaghaft entwichen

3
Von weit her Hugenotten
Schlesier Polen Türken Touristen
Verweigerer Vigilanten Agenten
Ein paar aussichtslose Straßen
liegen zwischen Zarenhof und
Oval Office
Eine andre deutsche Zukunft
verließ vordem den Schauplatz
bodenständiger Vergeblichkeit
mit der Eisenbahn
nach Auschwitz

4

Bahnhof Savignyplatz
Schöner Anblick von Brandmauern
vortäuschungsfrei Vereinzelt
Fenster ganz in sich verschlossen
Heftiger Regen enthebt
anderswie Beschäftigte
der Trauerschwarzarbeit

Totenbeschwörung

Die wüsten Städte
wurden zahm Geometrie versargt ihr Sein /
Untaten bilden den Ausdruck betonierter
Depression / Dicht bewohnt
weist die Stadt Leere vor / Scheinfülle
motorisierter Unrast / vom Abend wie
vom Bordstein abrupt gestillt /
Erstarrt Metall / Vorgeblich Kraft des
Einzelnen / sein ungewußtes Nessuskleid
daran er ständig stirbt /

Wir unterwegs epigonal
den Meeresrhythmen folgend zwiefach des Tags /
steigend und verebbend / Hin über Köpfe
von Eingeheimten oder unter ihren Füßen durch /
im tiefsten Grund durch hallende Kavernen
Station für Station /

Pythia berentet
gebeugt über Zigarettenqualm / Schicksals-
Verkündigung durch Sichtlichkeit / Verlumpt
und leidenskrumm durch eine dafür
ursächliche Chronik /

Nachts lassen sich
die Götter nieder im Staub unterirdischer
Passagen / müde vom Fusel und von der Endepoche /
zeitungspapierbedeckt harrend Auroras
und entgegen der Invasion von Kentaurenherden /
Stampede über sie hinweg
in die Büros / Solche Nächte sind jetzt traumlos /
betäubt bestäubt mit einem pulvrigen Bezug /

von Maschinen immer wieder aufgewirbelt und
wieder zusammengekehrt in gewinnlosem Spiel /

O Staub /
unfaßliche Masse der schon Troja erlag /
Hotels Kaufhäuser Bahnhöfe Parkplätze und
Pissoirs / Vergraute schöne Helena / Ohne Aussicht
auf Wiederbelebung / auf Rückkehr Schliemanns
oder daß einer wie er trostvoll
unser unerbauliches Trümmerstückwerk /
das zunehmend Vergängliche vor
den staunenden Augen von Nachwelt
auferstehen ließe im fahlen Glanz
sinnloser Gerechtigkeit

Berlin – paläontologisch

Hier liegen alle Sedimente offen:
In Schichten wird Geschichte präsentiert:
Blut, Schweiß und Dreck, durchsetzt von Hoffen,
was durchs Gestein vergangner Tage führt.

Die Stadt: Fossil an allen Enden:
Erstorbne Zeit, die in sich selbst verharrt.
Du wagst den Blick nicht abzuwenden,
auf daß sie bleibt: Als Gegenwart.

2. Vom Landleben

Im Norden

Dir bleiben ja die großen Himmel über Deichen.
Die Wolkenwerke. Weißes Licht. Gekröntes Blau.
Die Sehnsucht, weit hinaufzureichen
zu einem Blick aus jener Vogelschau

aus der die Erde fremd wirkt: Nur ein Hügel
in fahlen Farben und wie unbelebt.
Und du erinnerst dich der eigenen Flügel
in einem Traum, der selber längst verschwebt.

Im Norden II

Die Landschaft: Wie zurückgezogen.
Als Magd des Himmels über ihr
hat dich ihr Anblick nie betrogen:
Sie überläßt sich unauffällig dir

und zieht dich an: Durch stete Nähe.
Kein Bodenzug erscheint dir unbekannt.
Erfahre besser neue Fremden ehe
sie dich an ihren Grund gebannt.

Augenaufschlag
(Nach Tschernobyl)

Bang folgt der Blick
den Wolken Wohin sind
ihre traumgekannten Gesichter
Utopische Ungetüme Schwebende
Leiber still sich verwandelnd
Hoch dir zu Häupten und doch
deine Abbilder
Betrogen um ihre Göttlichkeit
weil nun anders als vordem
der Wind weht
Was er vor sich hertreibt
über die unseligen Plätze
deiner mühevollen Anwesenheit
entblößt dich bald
bis auf die Knochen

Saurier unermeßlich
menschenleerer Künftigkeit

Jeckyll telefoniert mit Hyde

Jemanden sehe ich
im regengeblendeten Fenster
wie in einem Spiegel
den Hörer am Ohr Sehe den
natürlichen Abtrieb Tosendes
graues Gewölk Die gewöhnliche Drohung
und in einem Blitzschlag sehr fern
einen wie mich
sich zur Vergeblichkeit rüsten
Stählerne Träger Stumme Geschosse
Meinen einfältigen Fleiß
Nicht überzeugt
von der Notwendigkeit solchen Todes
lausche ich verzerrten Stimmen
Unverständlichen Reden
als sprächen die Drähte schon
untereinander allein

Perspektive

Im Uhrgehäuse eingesperrt:
Die Zeit. Als wäre sie wirklich
wer und verdiente Befreiung.
Wie vieles existiert nur
sobald man daran denkt. Gott
quillt über vor Weisheit und
Wahnwitz wie die Kontinente
unter der Last fruchtloser Erfahrung
versinken. Sacht schiebt Tektonik
die Platten übereinander. Langsame
Drift: Wenige Meter
pro Jahrhundert. Und nach Äonen
dann wieder die stumme Kinnlade
ein Stück Scheitelbein
etwas Baumharz das Leben umschließt
als solle irgend jemand
davon benachrichtigt werden.

Garten in Breitenfelde

Am Grunde des Luftmeeres
winken Bäume dir warnend zu
Die hastige Stimme des Windes
erteilt unverständlichen Rat
Wolken plustern sich auf
und bereiten dem Tag ein Ende
Ein winziges Flugzeug
schnarrt gemächlich mitten hindurch
direkt aus dem geplünderten
Spielwarenladen
deiner Vergangenheit

Krähen im März

Die Schwärme aus dem Nichts
sie geben dem Gedächtnis Zeichen.
Gespreizte Schwingen und Geschrei:
Als gierten sie noch nach den Leichen
aus jenem Gestern, wo für sie
die Felder reich an Nahrung waren.
Nun streichen suchend sie umher
nach neuen fetten kriegerischen Jahren.

Unwettererwartung

Nur die Schreie der Möwen
nicht die eigenen wären zu hören.
Starker Wind und schwache Stimme.
Und der Sand: Ein einziges Aufbegehren
gegen das Gesetz der Trägheit.
Verwirrt bedeckt er Steine und
gedärmähnliche Algen und
entblößt alles gleich wieder.
Hinter meinem Rücken keine Spur
mehr von mir. Als käme ich nicht
von jenen fernen Tatsachen her
hinter dem wirbelnden Horizont.
Schwingen jetzt und auf
über die Brandung. Empor
getragen davon. Den Lärm
dieser schaumschlagenden Massen
durchdringen mit der Anrufung
niemands.

Wintergedicht

Leuchtende Luft früher Winter:
Treulich zurückgekehrt.
Ich unbeständig hingegen:
Immer weniger wert.

Verblassend gleich alten Fotos
Augen schon voller Staub
der wir erst werden sollen:
Eiliger Zeiten Raub.

Die Klarheit solch eines Tages
wird weiterhin fortbestehn:
Egal ob da je welche
noch einmal Tage sehn.

Athene fortzeugend Verhängnis

Figurierte Vernunft
dem Kopf irgendeines
Zeus entsprungen
entsprang ihrem eigenen
eine Krähe
lauthals und lud
alle Anteilnehmer ein
zum Billigflug
nach Arkadien

aus den entfalteten Schwingen
aber fielen die schwärzesten
Schatten seit je

Beobachtung

Zufällig
einen Blinden beobachtet:
Sein insektenartiges Tasten
über die Braille-Schrift hin.
Finger statt Augen:
Wie die Welt faßbar wird
und doch unsichtbar bleibt
und fand daran nichts
Neues und nur darum:
Es nennenswert.

Kleinstadt

Die Straßen eng. Die Gassen krumm.
Blech dicht an Blech. Der Abend stumm.
Von einem längst vergeßnen Wort
gebannt, wer lebt an einem solchen Ort
und geht umher, stirbt Schritt für Schritt:
Ich, er, sie, es: Wir sterben mit
so sacht ein jeder es vermag.
Die Welt rückt ferner: Tag für Tag
und zeigt von sich ein Zeichen nur
am hohen Blau: Die Flugzeugspur.

Überraschung

In einem Walde bei Hamburg
ertappte ich
die Ewigkeit in Form
einer eiligen lautlosen Viertelstunde:
Eh ich sie begriff
sprang sie davon
durch das Unterholz.
Nun bin ich aufs Neue
ganz sterblich.

Requiem

Weg: überwachsen seit einst.
Baumstümpfe begleiten den Verirrten
geköpfte Giganten
die Leiber im Humus versteckt
moosumwickelte Hälse Gräben
voller Gebein aus Bruchholz und Astwerk.
Sinkendes Licht
das früher einen anderen Namen besaß.
Geräusche
wie das Aneinanderstoßen metallener Massen.
Hier sind Leute gewesen
sagt der Weg: Hier sind sie lang
gegangen und sind nicht
wiedergekommen. Nur das Gras
ist ihnen gefolgt
bis an die rostigen Gleise. Sieht so
meine Heimat aus
verwildert von Gleichgültigkeit?

Aufklappernder Flügelschlag
im Schattengebüsch. Dann:
Heiseres Geschrei des Entkommenen
über den Wipfeln.

Abschied

Sie lag auf der Seite
Der Körper entspannt
zum endgültigen Halbbogen:
Als würde sie wieder zum Fötus.
Die Augen noch offen doch
jenseits einstiger Aufmerksamkeit.
Nach der Spritze ins Herz
lief noch lange ein Zucken durchs Fell:
Meine Hand streichelte es
ohne Aufhören.
So nimmt man von sich
versuchsweise Abschied. So werden wir
unerreichbar für alle Liebe. Auch die
bloß noch gut für den Klappeimer
neben dem Zinkblechtisch. Oder
für die Ewigkeit
die Minuten dauert.

Auf ein Waldwort

Ganz ohne Stütze
zwischen Himmel und Humus
Umstritten von metereologischen
Widersachern
Gedunsene Dolden beugen
schwaches Geäst
verätzt von allerlei Luftzügen
Leblose Totenhand Wurzel
Blätter schwärzlich
gesprenkelt durch Tropfen
von ungeahnten Maschinen
die die Erde abtragen
bis auf den Grund
aller Hoffnung

Sommerabend

Keiner kann diese Stunde beschreiben:
Wenn allein die Schatten merken
wie die Sonne sinkt. Tiefgrüne
Schatten aus Laub und Stille.
Das Licht wie bei Renoir: So sanft
wie deine rosige Fülle
in der ich nie schlafen werde
und niemals erwachen. Denn solche Stunde
gibt es in Wahrheit nicht
darum fehlen die Worte dafür.
Weil auch soviel Wahrheit
niemand ertrüge. Stattdessen
nehmen wir teil
am Tanz der Mücken
solange der Sommer dauert.

Sommergäste

Handgroße Schatten Gezackte Segel
umher vorm Fenster im Dämmerlicht
spät sterbender Tage
lautlos und schnell
so daß der Blick kaum nachkommen kann:
Zwerghafte Boten der Finsternis
zeichnen unsichtbare Menetekel
auf einen himmlischen Hintergrund
und beschwören die Nacht

Nachtgang

Unbegreiflich gewichtslos
sein Schein: Mond
dem tiefe Schatten zu danken
daß darin alle Vorgeborenen
Platz fänden. Für einen Augenblick
hält das Umherkriechen inne
vor dem endgültigen Schlaf.
Das fahle Feuer zerteilt jede Fläche
nach eigener Geometrie:
Von den Farben aber
sind alle erloschen. Schweigen
wagt sich hervor und verkündet
lautlos: So
wird die Erde ganz leer
und dann unbewohnbar.

Vom Land

Lange Zeilen Schwerfällig Unbeweglich
Träge Balken Horizontale Planken an Pfosten
zwischen denen der Blick ins Weite fliegt
Zu verschwimmenden Schiffen im öligen Schlick
zu Kirchtürmen Landmarken mit Himmel übersät
schon auf der Liste der aussterbenden Architektur
heimlich von Gott aufgesucht
an solch einem verregneten verkaufsoffenen
Samstag und gänzlich verzerrt vom Wettbewerb

Gedichte haben hier nichts mehr zu suchen
Ihr Schutzverein aufgelöst Bankrott der Worte
Sprachlos stieben Dichter in Scharen davon

Lange Zeilen Jämmerliche Kreidestriche
in dieser wie jener Straße
beginnen ziellos und enden nirgends
hören nur auf Linien zum Alter Zum Tod
dem Versäumnis der Auferstehung
Lange Zeilen über hiesigen Azur Daidalos
zieht ihn Zieht Bilanz Nichts unter dem Strich
zwischen zwei Flugplätzen und nach
dreitausend Jahren Stolpernd folgen wir
den führenden Metren zwischen winterlich
kahlen Feldern Leeres Land fruchtlos im Wind
als sei Dürers Traum schon wahr
den er weinend und zitternd auf einem Blatt
farbig festhielt Jene bis in die Stratosphäre
geballte endgültige Wolke

Kleine Meldung

Stumpf geworden
auch der Lack. Kein Spiegel
für niemand.
Und das Papier zerfällt
zu saurem Staub beim Aufschlagen
verschiedener älterer und neuerer
Testamente. Fortwährend
allein noch der trughafte Glanz
tiefer Blicke
die eilige Entblößung
hoffnungslos sterblicher Körper
zeitknapp und etwas Musik
für ertaubende Ohren
Berechtigtes Mißverstehen
aller Jubelchöre
Seid verschlungen Millionen
Diesen Schluß der ganzen Welt.

Trotz letzter Signale
für gehörlose Völker
revoltiert nur mehr
der Magen
elementar.

Die Verwandlung

Langsam kreisende Engel
über den steinernen Bergen.
Ein Blatt berührte sacht
deine Hand. Aus der Tiefe des Bodens
das Geflüster der Würmer
nah deinem Ohr. Zeitlosigkeit.
Wolkenschatten. Licht
bedeckte dich ganz
daß dich keiner erkannte.
Hier
hieß der Ort hier auch der Garten
und überall.
Aber der Herr sprach:
Es werde Mensch
und die Erde ward wüst und leer.
Und dein Körper bleiern
vor lauter Erwachen.

Fundstück

Das graue Licht vieler Winter
zieht sacht in jeden Stein.
Seine Farbe ist meine Farbe:
Wir werden wohl Brüder sein.

Die Kälte vieler Winter
setzt sich tief drinnen fest.
Darum der Stein, wie du wußtest
sich schwer erwärmen läßt.

Versteckt vom Schnee des Winters
schläft er ganz sinngemäß,
sein Äußeres in sich bergend:
Ein inhaltsloses Gefäß.

Wer anders sich wähnt, der werfe
den Gattungsgenossen fort,
beharre auf seinem Irrtum
und entziehe dem Stein das Wort.

3. Vom Reisen

Reisebericht

Die fremde Stadt am frühen Morgen
liegt unter deinem Blick, da du erwacht
nach einer traumverstörten Nacht,
als böte sie für deine Sorgen

sich heilend an: Hier neu beginnen,
von allen ringsum glücklich ungekannt.
Vergangenheit: Dein Schiff: verbrannt
von Gegenwart: sie zu gewinnen.

Von Gassen Plätzen Bauten Namen lernen.
Von Menschen: Allein den eigenen vergiß.
Du selber bleibst dir besser ungewiß,
jedoch bewußt der lockend nahen Fernen,

der vielen andern Städte, welche warten,
daß du in ihre Fremdheit tauchst,
mit dem dich narrend, was du brauchst
als Ziel für alle weitren Fahrten.

Amsterdamer Ars Amandi

Innerlich völlig verwahrlost
und vernarrt ungewiß
in wen in einen zartfarbenen Schatten
in jene kaum bemäntelte Dame
die mich in Amsterdam ansah
aus einer Ansichtskarte heraus
ohne Anschrift ohne Absender
was die Angelegenheit
hoffnungslos macht.

Amsterdamer Anblick

Im Schaufenster nackte Haut
glänzend von Öl vielleicht
vielleicht von Natur:
Leibhaftig Mensch
bewegend statuarisch.
Verstaubtes Glas
doch du durchschaust es
bis auf die Welt dahinter
ihre elementare Muskulatur
Nervensystem Reizerwartung
der kaum verborgene Schoß fruchtbar
von Bedeutungslosigkeit.

Amsterdamer Herbst

Endloser Augenblick
durchdringender Stille:
Allen Grachten zugeneigt
die schmalen Fassaden
als sähen sie sich selber
erstmals
im Wasser das darum nur
innehält.
Jahrzeitlich müdes Licht
sintert zaghaft
durch diesen Dunst von Jahrhunderten
die lautlos zusammenfließen
zu einem einzigen
Jetzt.

Amsterdam

In Amsterdam war
wieder die Rede von Amsterdam:
von grauschimmernden Grachten
und milden Einsamkeiten
inmitten blickloser Mengen.
Gebeugte Häuser
machten uns da zu ihresgleichen
alt und nachgiebig
allem Geschehen
bemüht aufrecht zu bleiben
obschon auf einem der
allbekannten geheimen Pläne
gewissenhaft
ausradiert.

Augenblick im Stau

Zwischen Fahrmaschinen
lauter hauchtoten staubiger Glanz
von Blech ernsthaft Spielzeug:
Les jeux sont faits
sprach durch das kleine Gitter
vor mir am Lenkrad
das Geheimnis des Lebens:
Wollte unbegriffen bleiben
Daß keiner Hand daran lege
Bat Beihilfe künftig
zu unterlassen Doch bevor
einer das recht bedenken konnte
spülte Musik es hinweg

In der Provence

Dornröschendörfer
von Schlössern gekrönt:
bis auf den Grund zerstört
bis auf den Namen.
Vor leeren Portalen
auf dem gesäuberten Pflaster
entflammte Gott einst
seine geliebten Ketzer:
Ihr Schrei
verhallte von Gipfel zu Gipfel
und ließ die ummauerten Orte
verstummt und berühmt
zurück.

Auf dem Mont Ventoux

Wind wehte stark.
Von hier sah man weit
durch den Raum und erst
jenseits der fernen und weißen Kuppen
erst hinter
der lustvollen Krümmung der Erde
fiel mein Blick ermattet
vor ihren Füßen
zu Boden.

Mormoiron im Oktober

Seit dem Sommer ist
das Licht auf den Fensterscheiben
verkrustet. Doch die Tische
noch immer geheiligt
von weißem Papier. Einmal am Tage
rufen Teller und Gläser
zur Hochzeit von Seele und Leib.
Mit verstockten Zeigern
die alte Standuhr allein
will nichts mehr wissen
von Zeit. Fee Morgana
die regierende Vettel
stellt eine Flasche
Blut vor dich hin
für eine Weile Wiederbelebung
ehe alles verschwindet
in summender Stille.

Lacoste

Meilenweit mächtigste Ruine
hoch am Felssturz des Luberon:
de Sades Eigentum einst.
Eidechsen begatten sich raschelnd
zu seinem Gedenken. Seelenwanderer
finden hier Heimatrecht. Auf
unvergänglichem Schutt die leere
Champagnerflasche: Ein verlassenes
Behältnis ortsüblicher Genien
die mittags im Brennesselbusch ausruhn.
Der japanische Sonnenschirm
in verbretterter Fensterhöhle
lackiertes Papier und brüchig:
Ein Erinnerungsstück
an Justine oder Juliette oder an
das unstillbare Verlangen der Tugend
nach ihrem Gegenteil.

Biologischer Imperativ

Jetzt dünnes Gewebe von Tagen
das nichts mehr verdeckt.
Am dämmrigen Morgen schon
eine lebensgefährliche Klarheit.
Menschen werden durchsichtig
wie Rauch und verschweben
in Gleichgültigkeit. Vor dem Blick
des Glücklosen entblößt
die Erde ihr graues Gebein.
Überallhin folgt ihm
das Gespenst der Begierde
nach Leben
maßlos nackt und erwartet
ihn schon hinter jeder Tür
die er öffnet.

Auf Kreta

Tagelang lief ich auf und ab
wo Sand und Wasser
sich treffen und trennen.
Stehenbleibend verspürte ich
deutlich die sachte Bewegung
eines mächtigen Schiffes das sinkt

und gleich darauf fand ich auch
einen Kiesel der ganz und gar
meinem Herzen glich.

Im Ida-Gebirge

Stillestehend blickten wir
in die Ferne hinauf:
Mit reglosen Schwingen
schwebte Daidalos fast auf der Stelle.
An den Flügelenden deutlich erkennbar
die gespreizten Finger. Jenseits
der verkarsteten Höhen
hinter die er glitt vermuteten wir
das steinerne Nest der Ewigkeit. Aber
es fand sich auf unserer Karte
keine Angabe über den Weg
dorthin.

Reisegedicht

Am Ende unserer Fahrten
kommen wir immer zur Küste
wo wir Platz nehmen
die Beine ausstrecken
den Rücken dem Kontinent zugekehrt
und blicken aufs Meer
zufrieden bis zur Verzweiflung
über die leere Fläche

Urlaubsfoto

Die toten Boote auf den Stränden,
ihre Bäuche zum Himmel gekehrt,
die Ruder entfallen den Händen
derer, die sie niemals begehrt.

Die Netze sind leer geblieben
seit die See nichts trägt als sich:
Schaum, von den Wellen getrieben,
markiert den stets gültigen Strich

zwischen Welten, sich selbst überlassen
und entwest für die Künftigkeit.
Noch ein Blick: Das Bild zu erfassen.
Dann mach dich zur Abfahrt bereit.

Golf von Neapel

Statt Lava Menschenströme über Orte.
Vergangenheiten schliffen Fuß und Blick.
Wie Asche stäuben zahllos leere Worte
und sinken auf den Fels zurück.

Erwehre dich der übersonnten Ewigkeiten:
Mach sie zu einem kleinen Bild:
Steck in die Tasche diese blauen Weiten,
die hilflos deine Sehnsucht füllt.

Hier sangen die Sirenen ihre Lieder.
Inzwischen ist der letzte Ton verhallt.
Dich ruft der Bus. Die Erde hat dich wieder.
Und bietet nur vorübergehend Aufenthalt.

Pompeji: Garten des Fauns

Ein Bronzebildnis. Und es spricht
von einem Menschsein, das man längst vergaß:
Graziös und sinnlich. Kein Verzicht
auf Leben: Sand im Stundenglas.

Dem Faun im Garten am Vesuv
bringst du verstohlen eine Gabe dar:
Maschinenmensch, der selbst sich schuf,
der Tugend wie der Laster bar.

Unüberwindlich bleibt die Zeit:
Zum Brückenschlag fehlt dir das Wort.
Nur leere Trümmer geben dir Bescheid
und weisen dich geduldig fort.

Im Museum

Archäologen
haben meine Gebeine erschürft:
Jetzt liege ich zur Ansicht
unter Glas, völlig entwaffnet.
Jahrtausende
zogen wie Wolken über mich
nun stürzt die Zeit
über mir zusammen. Übriggeblieben
sind ein paar Knochen
für die Tiefstrahler:
In ihrem Licht
währt nichts von dem
was die Geschichte
erzählt.

Homo sapiens

Wieder von vorn anfangen
zaghaft aus Schlamm
und Schleim heraus
Wieder den aufrechten Gang
erlernen
unbelehrbar
Wieder in den eisigen Wind
der Ideale
Und wieder weggeweht

Salvator mundi
Florenz, Palazzo Pitti

Ja ich weiß wie man emporsteigt
Ist auch die Haltung unbequem
und ohne Nägel auf Dauer
unmöglich dieser Kopfschmuck
verursacht Blessuren
später Gemälde Nur die Übersicht
ist besser und so
sehe ich jetzt mein Publikum
wie erlöst aufspringen
und durch die Türen hinaus und
sich in die Ärmel unterschiedlicher
Bemäntelungen stürzen und frage
die verschwindenden Väter vergeblich
warum sie mich jetzt schon
verlassen

ehe noch Zeitwende und Zweifel
beginnen

Hotelzimmer in Mestre

Nachts aufgeschreckt
durch fernes Flackern
hinter der Scheibe.
Dazu ununterbrochen
Stille.
Die suchenden Finger
berührten polierte Glätte:
Da war auf einmal
die Erleuchtung
ich hätte mein
bisheriges bißchen Leben
in einer Glaskugel
aus Murano verbracht.

Verlorenes Venedig

Nichts mehr Nichts
außer diesen kühlen und dunklen
Gewölbebögen
mächtige Schenkel venerischer Paläste
die oben im Licht zerfallen
unterm verbröckelnden Gewand
Tiefer die völlig versteinte
Perspektive rahmt einen Streifen
Wasser
vor Alter schmutzig und träge

Eine Gondel jetzt
zöge vorbei als haltloser Traum
vergessen bevor man sich
seiner erinnert
So wäre alles Dagewesensein
zu beschreiben falls das
irgendwann irgendwem
einfiele

Rückkehr

Niemand sonst stieg aus
an der Anlegestelle »St. Michele«.
Verblichene Quadern hielten
die Insel notdürftig zusammen.
Keine außer den eigenen Atemzügen.
Knirschender Kies. Mit Filzstift geschrieben
»Ezra Pound«
auf einem hölzernen Pfeil
demzufolge der Irrweg anhob.
Friedhofswildnis. Tafeln
gesprengt von ganz anderem Leben.
Todfern Hitze. Vielleicht
noch Eidechsen.
Und von mänadischen Blättern
gierig bedeckt dann
das Grab des Dichters.

Letzte Reise

Wie Dante stehe ich
am Eingang zum Inferno
und bitte um Einlaß:
Es handelt sich um eine Reportage
über die Geschundenen
die in Pech gesotten werden und
in Napalm gebraten. Über
die Gefolterten denen man
erst die Nägel ausreißt und dann
die Zunge
nach Absingen der Hymnen. Über
die eingefrorenen Seelen
die vergifteten Nachkommen
die mit Dummheit Geschlagenen
und die unterm Übermaß des Wissens
Hand an sich legen. Ich vernehme
ein gewaltiges göttliches Röcheln
ich rieche den Gestank
der faulen Hoffnung
die fahren ließ wer hier einzog.

Wie Dante stehe ich
am Eingang zum Inferno
und zeige ein blutleeres Gewissen:
Passport
der zum Eintritt berechtigt.

Reiseresümee

Du wirst dir selber fremder
an einem fremden Ort.
Verschlossen Tür und Tore:
Dir fehlt das Losungswort.

Abweisende Fassaden:
sie bieten dir kein Haus.
Sogar der Himmel droben
sieht unbekannter aus.

Und alle Straßen kreuzen
fast feindlich deinen Weg.
Von der Geschichte blieben
nur Schatten als Beleg.

Die stummen Steine reden:
Du ziehst hier keine Spur!
Sowenig wie sonst jeder
der diesen Ort erfuhr.

4. Goethe – stark verbessert

Goethe – stark verbessert

Verweile doch. Laß dich umarmen.
Du bist mir nah wie der Moment,
den man mit vielen Namen nennt.
In unserm Falle mit: Erbarmen.

Es ist der karge Augenblick,
der später lebenslänglich dauert,
obgleich man über seine Kürze trauert:
Was niemals war, bleibt dir zurück.

Nur Zeichen. Aber kein Gelingen.
Ein Wort, das alles das enthält,
was du ersehnst: Sobald es fällt,
regt Ikarus erneut die Schwingen.

Kalenderspruch

Immer noch: Der blasse Mond.
Die alte Erde: Noch bewohnt.
Natur: Ein Anlaß zum Gedicht.
Zum Wörterspiel. Zum Weltgericht.
Hier: Meine Hand. Noch greift sie zu.
Und hält sich fest. An einem Du.

Das alte Spiel

Was zwingt dich, die dir nah, zu hassen?
So viele Wünsche kommen schwarz daher.
Nur Güte würde uns ersticken lassen,
doch was uns bindet, ist viel mehr.

Mit Kränkung, Hohn und Messerworten
macht eins dem andern sich zum Feind.
Wir sind zwar Menschen, doch zwei Sorten
und nur zu kurzem Traum vereint.

Das ist die älteste Geschichte,
im Buch der Bücher schon notiert.
Ihr Schluß verlangt, daß man verzichte:
Und daß man sacht vor Schmerz krepiert.

Kleist zufolge

Der Höhepunkt des Traums: Man stirbt
gemeinsam und nach Tisch am besten.
Weil Weiterleben solchen Traum verdirbt
nebst allen großen Worten, großen Gesten.

Furioses Ende: Statt gemächlich zu erkalten
und sacht einander zu vergessen, doch
wer kann sich heute schon an Träume halten?
Fazit: Wir leben beide weiter. Noch.

Schiller, leicht aktualisiert

Einst zogen Panzer sowie Kettenhemd
mit den Epochen unter unsere Haut:
Fast unverwundbar und sich selber fremd,
mit allem Elend dieser Welt vertraut,
lebt seitdem sanft das Fleisch und Bein:
Wie ich. Wie du. Für sich allein.
Die Stunde kommt, da man vergißt:
Die Stelle, wo man sterblich ist.

Fortgesetzt Rilke

Bloß Brocken blieben. Kristalline Splitter.
Ein weggefegter bleicher Marmorrest.
Unrettbar Schutt. Der Anblick bitter
des was sich nicht ersetzen läßt.

Verwandelt in Erinnern durch Gewalt
Vollkommenheit. Noch eben jeder Zoll
ein Beispiel unnachahmlicher Gestalt
und nun zersprungen: Der archaische Apoll.

Erinnerung an den armen B. B.

Aus schwarzen Wäldern kommend seinerzeit:
Ein Menschenfresser ohne Arg und Harm.
Viel Lust an Frauen. Und Genuß am Streit.
Verläßlich aber, daß es Gott erbarm.

Vertrieben von der braunen Obrigkeit:
Als einer in der Exilierten Schwarm,
der nicht zum Aufenthalt bereit
im Musterland von Orwells »Farm«.

Sein Thema war: Besitz schafft Leid,
schafft Elend und schafft Schuftigkeit.
Der Mensch: Verhaltensweise. Sonst: Nur Darm.
Ich bitte Euch: Seid nicht mehr arm.

Georg Heym

Dem träumte, daß er sank: In Grüne Fluten.
Und wenig später wars um ihn geschehn
in Wirklichkeit. Das läßt vermuten,
nur schlimme Träume dürfen in Erfüllung gehn.

Wir aber leben, ohne an den Tod zu glauben.
Wir lieben uns. Um unsern Leib webt Licht.
Und hören oder lesen nur von »Leben rauben«
und ahnen wahrlich, was da vorgeht, nicht.

So ziehn wir angespannt die Ufer suchend
wie er, wie jeder über dünnes Eis:
Gott und die Welt, die uns gebar, verfluchend,
doch völlig aussichtslos. (Wie man längst weiß.)

Nachtstück

Auch diese Nacht: Wie viele Nächte.
Die Körperlast ist vorerst abgelegt.
Im Bregen-Universum steigen Mächte
empor die sich am Tage nie geregt.

Ein Sklavenaufstand: Moleküle revoltieren
und richten eine Schreckensherrschaft auf:
Das ungewöhnlichste von allen Tieren
läßt seinen Ängsten freien Lauf.

Die Schemen aus den dunklen Schächten
in Scharen flattern sie empor
in dieser wie in vielen Nächten
und erst die Frühe schließt das Tor.

Alltagsexistenz

Wie überleben, wenn nicht als ein Stein?
Wir werden täglich überrollt und gleich vergessen.
Vergeblichkeit heißt unser Schmerz. Indessen
wir Stück für Stück verkaufen unser Sein.

Ich liebe dich: So reden Stimmen,
die weder deine noch die meine sind,
aus Apparaten, während Nacht um Nacht verrinnt
und alle Ziele sacht in Nichts verschwimmen.

Es sinkt der Tag, du hebst dein Haupt,
vergreist, verkarstet und von Träumen leer –
nur tote Schatten kommen zu dir her:
Ein Gott der stirbt. Und es nicht glaubt.

Epitaph

Verlassen und vereinsamt, fast zerbrochen:
Die Seelen leer. Der Transzendenz beraubt.
Und nur weil Nietzsche seinen Satz gesprochen:
Wer hätte diesem Satz die Macht geglaubt.

Hochfahrend und verzweifelt. Ohne Hoffen,
daß deinem oder meinem Haupte wer entspringt.
Das Auge sieht den Himmel offen,
doch ohne daß uns darin einer winkt.

Ob aus der Tiefe oder aus den schwarzen Fernen,
wohin uns immer treibt Erkundungswahn:
Noch aus dem Dröhnen von Milliarden Sternen
meint eine Stimme: Du bist abgetan.

Selbst

Von Schlägen im Gesicht entstellt.
Ein Leib, der dampft und panisch schreit
nach einem Gramm Gerechtigkeit
bevor er in die Grube fällt.

Dem Fleisch nützt wenig Kants Traktat
und wenig, daß es wer geliebt:
Auch wenn man ihm drei Handvoll gibt
der Erde, die es einst betrat

durch Neugier stark, von Hoffnung blind,
vom Einverständnis alsbald krumm,
vom vielen Wissen gründlich dumm,
ist es nichts andres als wir sind.

Für Stammbuchhalter

Wir haben Uhren aber keine Zeit.
Wir haben Leiden. Doch kein Leid.
Und Freiheit ohne frei zu sein.
Von allem haben wir: Den Schein.
Kulissengleich zeigt sich die Welt
so daß sie uns den Blick verstellt.
Wir treten auf. Wir treten ab.
Und spielen Rollen: Bis ans Grab.
Solch Wissen: Völlig ohne Wert
weil es noch keinen je bekehrt.
Ist Wahrheit was man glaubhaft kennt?
Woran man sich das Maul verbrennt?
So fragt und sagt sich der Verstand:
Auch sie wie immer: Sogenannt.

Wenn die Fassaden fallen

Unter dem Beton lebt Erde Sand Natur:
Von den dürren Städten bleibt
gewiß der nicht, der sie durchfuhr:
Den es um den Globus treibt.

Jetzt ist der Tag da jedes Blatt
das welkt und fällt und friedlich liegt
die ganze Zukunft für sich hat:
Es siegte nicht. Und wurde nicht besiegt.

Fassaden stürzen. Wissen stirbt dahin.
Hervortritt was sich Wahrheit nennt:
Ich wurde und ich war und bin
an dieser Welt das Ornament.

Gryphius Redivivus

Die Welt um mich: Ein Kartenhaus.
Schau ängstlich nach dem Wetter aus.
Der Boden: Ein vertrocknet Blatt,
von dem man nichts zu hoffen hat.

Ich geh umher, weiß nicht wohin,
denn jedes Ziel zeigt keinen Sinn.
Wie Ahasver zieh ich umher,
find keine Rast und bin doch wer,

der wünscht statt Güter sich und Geld:
Die Sphinx, die keine Fragen stellt.
Die Rätsel ist. Und Rätsel bleibt.
Es gibt kein Wort, das es beschreibt:

Vielleicht, daß es die Hand begreift,
wenn sie des Rätsels Flanke streift.

Klage

Vor allem über mich: Ich bin
in dieser Welt ganz ohne Sinn.
Mal macht mich Wörtermangel stumm,
mal macht ihr Überfluß mich dumm.
Mal bin ich heiter ungetrost,
mal durch mein Unglück wie umkost.
Ich bin zu schwach. Und bin allein
und rede dennoch mir nichts ein
von Menschheitssolidarität.
Ich bin zu wach. Es ist zu spät
für mich: Für guten Lug
fehlt mir der Glaube. Selbstbetrug
gelingt mir nicht. Denn ich mißtrau
der Zukunfts- wie der Nabelschau.
Bin nicht zu brauchen im Betrieb.
Ach, hätte ich mich derart lieb
wie meinen Nachbarn ich nicht mag:
Es gäbe keinen Grund zur Klag.

Reminiszenz

Was damals die an ihre Trümmer schrieben
als sie vor den Ruinen ihrer Städte standen
ist nachzuahmen uns geblieben
wenn auch die Trümmer längst verschwanden.

Zwei Worte die uns tröstend einbezogen
fern aller Klage allem Streben
die nichts verlangten und nicht logen –
heb deine Hand und schreib: Wir leben.

Inhalt

1. Von Berlin

2. Vom Landleben

3. Vom Reisen

4. Goethe – stark verbessert

Günter Kunert im
Carl Hanser Verlag

Tagträume in Berlin und anderswo
Kleine Prosa, Erzählungen, Aufsätze
336 Seiten. 1972

Gast aus England
Erzählung
160 Seiten. 1973

Unterwegs nach Utopia
Gedichte
100 Seiten. 1977

Camera obscura
Kleine Prosa
140 Seiten. 1978

Verlangen nach Bomarzo
Reisegedichte
120 Seiten. Mit 12 Zeichnungen
vom Verfasser. 1978

Abtötungsverfahren
Gedichte
96 Seiten. 1980

Verspätete Monologe
208 Seiten. 1981

Diesseits des Erinnerns
Aufsätze
256 Seiten. 1982

Zurück ins Paradies
Geschichten
176 Seiten. 1984

Stilleben
Gedichte
112 Seiten. 1984

Vor der Sintflut
Das Gedicht als Arche Noah
Edition Akzente
120 Seiten. 1985

Über Günter Kunert:
Kunert lesen
Hrsg. von Michael Krüger
236 Seiten. 1979

Gedichte im Carl Hanser Verlag

Erich Arendt: Starrend von Zeit und Helle, Gedichte der Ägäis. 1981
John Ashbery: Selbstporträt im konvexen Spiegel. 1980
Heiner Bastian: Tod im Leben, Gedicht für Joseph Beuys. 1972
Horst Bienek: Gleiwitzer Kindheit. 1976
Alexander Block: Ausgewählte Werke, Bd. 1: Gedichte. 1978
Jorge Luis Borges: Lob des Schattens. 1971
–: Gedichte 1923–1965. 1983
–: Geschichte der Nacht. (Zweisprachige Ausgabe) 1984
Joseph Brodsky: Römische Elegien und andere Gedichte. 1985
Charles Bukowski: Gedichte vom südlichen Ende der Couch. 1984
–: Nicht mit sechzig, Honey. 1986
René Char: Rückkehr stromauf. 1984
Heinz Czechowski: An Freund und Feind. 1983
Johannes Edfelt: Fieberbrief. 1984
Lawrence Ferlinghetti: Gedichte. 1980
Erich Fried: Zeitfragen. 1970
Günter Bruno Fuchs: Gesammelte Fibelgeschichten und letzte Gedichte. 1978
Allen Ginsberg: Planet News. 1971
–: Jukebox Elegien. Gedichte eines Vierteljahrhunderts 1953 bis 1978. 1981
Lars Gustafsson: Die Maschinen. 1967
–: Die Stille der Welt vor Bach. 1982
Michael Hamburger: Heimgekommen. 1984
Peter Hamm: Der Balken. 1981
–: Die verschwindende Welt. 1985
Rolf Haufs: Felderland. 1986
Miroslav Holub: Obwohl . . . 1969
Bernd Jentzsch: Quartiermachen. 1978

Michael Krüger: Reginapoly. 1976
–: Diderots Katze. 1978
–: Aus der Ebene. 1982
–: Die Dronte. 1985
Günter Kunert: Unterwegs nach Utopia. 1977
–: Abtötungsverfahren. 1980
–: Stilleben. 1983
Gregor Laschen: Die andere Geschichte der Wolken. 1983
Christoph Meckel: Souterrain. 1984
Henri Michaux: Momente. 1983
Oskar Pastior/Francesco Petrarca: 33 Gedichte. 1983
Oskar Pastior: Lesungen mit Tinnitus. 1986
Vasko Popa: Wolfserde. 1979
Renate Rasp: Junges Deutschland. 1978
David Rokeah: Jerusalem. Gedichte. 1981
–: Du hörst es immer. 1985
Tadeusz Rózewicz: Formen der Unruhe. 1965
–: Offene Gedichte. 1969
–: Überblendungen. 1987
Saint-John Perse: Das dichterische Werk, 2 Bde. 1980
Hans Dieter Schäfer: Dem Leben ganz nah. 1982
Botho Strauß: Diese Erinnerung an einen, der nur einen Tag zu Gast war. 1985
Tomas Tranströmer: Gedichte. 1981
–: Der wilde Marktplatz. 1985
Guntram Vesper: Die Illusion des Unglücks. 1980
Paul Wühr: Grüß Gott ihr Mütter ihr Väter ihr Töchter ihr Söhne. 1976
–: Rede. 1979